Wilhelm August Dumas

Über Schwingungen verbundener Pendel

Antigonos

Wilhelm August Dumas

Über Schwingungen verbundener Pendel

Unveränderter Nachdruck der Originalausgabe von 1874.

1. Auflage 2024 | ISBN: 978-3-38635-067-9

Antigonos Verlag ist ein Imprint der Outlook Verlagsgesellschaft mbH.

Verlag: Outlook Verlag GmbH, Zeilweg 44, 60439 Frankfurt, Deutschland, info@outlook-verlag.de
Vertretungsberechtigt: E. Roepke, Zeilweg 44, 60439 Frankfurt, Deutschland
Druck: Libri Plureos GmbH, Friedensallee 273, 22763 Hamburg, Deutschland

ÜBER

SCHWINGUNGEN VERBUNDENER PENDEL.

VON

W. DUMAS.

———

Separatabdruck
aus der Festschrift des Berliner Gymnasiums zum grauen Kloster.

BERLIN

WEIDMANNSCHE BUCHHANDLUNG.

1874.

Druck von Breitkopf und Härtel in Leipzig.

Der Wunsch, in den akustischen Lehrstunden bei Besprechung der Schwebungen auf Pendelschwingungen von ab- und zunehmender Amplitude vergleichend Bezug nehmen zu können, veranlasste mich vor etwa 10 Jahren nach passenden Pendelcombinationen zu suchen. Die von Savart 1839 bei Untersuchung des Ursprungs der Stöfse angewandte T-förmige Verbindung zweier Stahlstäbe mit zwei an den Enden des einen wagrechten Stabes auf Schneiden aufgehängten Linsenpendeln war mir nicht einfach genug, weder in Betreff der praktischen Herstellung, noch, weil dabei elastische Kräfte und die Schwerkraft zusammenwirkten, in der theoretischen Betrachtung. Noch weniger konnte ich die gegenseitige Einwirkung zweier Penduluhren verwerthen, wie sie hundert Jahre früher Ellicot durch Einklemmen eines Stabes zwischen die Gehäuse zu Stande gebracht hatte, so interessant auch die Abwechselung zwischen Stillstand und Bewegung der ganzen Uhrwerke sein mag. Als völlig zweckentsprechend zeigte sich dagegen bald die Anordnung, dass mehrere Pendel, um auf einander störend einzuwirken, an einem andern Pendel aufgehängt wurden. Da die Bewegungen eines solchen Systems den auf Betrachtung kleiner Schwingungen gegründeten Formeln sich eben so genau anpassen, wie ein einzelnes einfaches Pendel der gewöhnlichen Pendelformel, und da in besonderen Fällen auch die Formeln für die entstehenden Perioden äufserst einfach waren, so hielt ich am 1. November 1867 in der hiesigen physikalischen Gesellschaft einen Vortrag über den Gegenstand und zeigte dabei die Richtigkeit der abgeleiteten Formeln an einer Vorrichtung, in welcher leichte, an der hölzernen Stange eines mehrere Kilogramm schweren Secundenpendels verschiebbare Querstäbe als Träger von ein bis drei leichteren oder schwereren Pendeln dienten. Die im 22. Jahrgange der Fortschritte der Physik darüber enthaltene kurze Angabe veranlasste Herrn Professor Emsmann, über ähnliche von ihm beobachtete Phänomene im 139. Bande von Poggendorffs Annalen eine Mittheilung zu machen, die mit den Worten schliefst: »Die Theorie dieser Bewegungen ist mit ungemeinen Schwierigkeiten verbunden, da man grofse Schwingungen braucht.« — Da seitdem keinerlei Berichtigung dieser den Thatsachen nicht entsprechenden Ansicht erschienen ist, so benutze ich diese Gelegenheit zur Veröffentlichung einiger auf den genannten Gegenstand bezüglichen Betrachtungen.

§. 1. An beliebigen n Punkten eines ebenen Pendels mit fester Drehungsaxe, des Hauptpendels, seien beliebig viele andere Neben-Pendel aufgehängt. Die Schwingungen aller Pendel geschehen in derselben Vertikalebene, deren Punkte auf ein Axensystem ξ, v mit vertikal abwärts gerichteter ξ-Axe bezogen werden. Die Differentialgleichungen der Bewegung aller Pendel folgen dann aus der allgemeinen Formel

$$\int \left[\left(\frac{d^2 \xi}{dt^2} - g \right) \delta \xi + \frac{d^2 v}{dt^2} \, \delta v \right] dm = 0,$$

in welcher die Integration sich auf alle Massenelemente dm erstreckt. Sei ferner mit jedem einzelnen Pendel ein Axensystem fest verbunden, dessen Anfang in dem entsprechenden Aufhängepunkte liege, und seien x, y die unveränderlichen Coordinaten der Massenelemente dm des Hauptpendels und dm_1, dm_2 ... der Nebenpendel in Bezug auf diese neuen Axen, a_1 und b_1, a_2 und b_2, ... die der Aufhängepunkte der Nebenpendel in Bezug auf die im Hauptpendel festen Axen; seien endlich Φ, φ_1, φ_2 ... die Abweichungen der neuen x-Axen von der Vertikalen: so hat man in dem obigen Integral, soweit es sich auf das Hauptpendel bezieht,

$$\xi = x \cos \Phi - y \sin \Phi,$$
$$v = x \sin \Phi + y \cos \Phi,$$

und in den auf die Nebenpendel bezüglichen Theilen

$$\xi = x \cos \varphi_i - y \sin \varphi_i + a_i \cos \Phi - b_i \sin \Phi,$$
$$v = x \sin \varphi_i + y \cos \varphi_i + a_i \sin \Phi + b_i \cos \Phi$$

zu substituiren und darauf die in $\delta\Phi$, $\delta\varphi_1$, $\delta\varphi_2$ ... multiplicirten Glieder einzeln gleich Null zu setzen. Wählt man die neuen Axen so, dass sie im Gleichgewichtszustande des Systems den alten parallel sind, legt man also die x-Axe des Hauptpendels durch den Schwerpunkt des in den Aufhängepunkten der Nebenpendel mit den Massen m_1, m_2 ... der letzteren belasteten Pendels, die x-Axen der Nebenpendel durch deren Schwerpunkte, so vereinfachen sich die entstehenden Ausdrücke durch Fortfallen der in $\int(y dm + \Sigma b_i dm_i)$ und in $\int y dm_i$ multiplicirten Glieder, und es ergiebt sich als Factor von $\delta\Phi$

$$\frac{d^2 \Phi}{dt^2} \int \left((x^2 + y^2) \, dm + \Sigma \, (a_i{}^2 + b_i{}^2) \, dm_i \right) + g \sin \Phi \int (x dm + \Sigma a_i dm_i)$$

$$+ \Sigma \left(a_i \frac{d^2 \varphi_i}{dt^2} + b_i \left(\frac{d\varphi_i}{dt} \right)^2 \right) \cos (\Phi - \varphi_i) \int x dm_i$$

$$- \Sigma \left(b_i \frac{d^2 \varphi_i}{dt^2} - a_i \left(\frac{d\varphi_i}{dt} \right)^2 \right) \sin (\Phi - \varphi_i) \int x dm_i,$$

als Factor von $\delta\varphi_i$

$$\frac{d^2\varphi_i}{dt^2}\int(x^2+y^2)\,dm_i + g\,\sin\varphi_i\int x\,dm_i$$

$$+\left(a_i\frac{d^2\Phi}{dt^2} - b_i\left(\frac{d\Phi}{dt}\right)^2\right)\cos(\Phi-\varphi_i)\int x\,dm_i$$

$$-\left(b_i\frac{d^2\Phi}{dt^2} + a_i\left(\frac{d\Phi}{dt}\right)^2\right)\sin(\Phi-\varphi_i)\int x\,dm_i .$$

Die Summationen beziehen sich auf sämmtliche Nebenpendel.

Es sollen nun die Schwingungen aller Pendel so klein sein, dass man die Quadrate und Producte der Amplituden und Geschwindigkeiten vernachlässigen kann. Dadurch fallen in den beiden obigen Ausdrücken die letzten Glieder und die zweiten Theile der vorhergehenden Glieder fort. Bezeichnet man ferner die Trägheitsmomente mit MR^2, $m_1 r_1{}^2$, $m_2 r_2{}^2 \ldots$, die Abstände der Schwerpunkte von den Aufhängepunkten mit S, s_1, $s_2 \ldots$, beim Hauptpendel unter Einschluss der in ihren Aufhängepunkten concentrirten Nebenpendelmassen, so dass also

$$MR^2 = \int(x^2+y^2)\,dm + \Sigma m_i(a_i{}^2+b_i{}^2), \qquad m_i r_i = \int(x^2+y^2)\,dm_i,$$
$$MS = \int x\,dm + \Sigma m_i a_i, \qquad\qquad m_i s_i = \int x\,dm_i,$$

so nehmen die Differentialgleichungen der Bewegung folgende einfache Form an:

$$MR^2\frac{d^2\Phi}{dt^2} + MSg\Phi + \Sigma m_i s_i a_i\frac{d^2\varphi_i}{dt^2} = 0 ,$$

$$m_i r_i{}^2\frac{d^2\varphi_i}{dt^2} + m_i s_i g\varphi_i + m_i s_i a_i\frac{d^2\Phi}{dt^2} = 0 ,$$

oder auch, wenn L, l_1, $l_2 \ldots$ die Längen der einfachen Pendel sind, welche gleiche Schwingungsdauern mit dem Hauptpendel, die genannte Belastung eingeschlossen, und mit den einzelnen Nebenpendeln haben,

$$\left.\begin{aligned} L\frac{d^2\Phi}{dt^2} + g\Phi + \Sigma\frac{m_i s_i a_i}{MS}\cdot\frac{d^2\varphi_i}{dt^2} &= 0, \\ l_i\frac{d^2\varphi_i}{dt^2} + g\varphi_i + a_i\frac{d^2\Phi}{dt^2} &= 0. \end{aligned}\right\} \quad\ldots\ldots\ldots (1.)$$

§. 2. Um aus diesen Gleichungen zunächst die Schwingungsdauern der einfach pendelartigen Bewegungen zu finden, deren das System fähig ist, substituire man, indem unter λ die correspondirende Pendellänge verstanden werde,

$$\Phi = P\cos\left(t\sqrt{\frac{g}{\lambda}} + \alpha\right),$$

$$\varphi_i = p_i\cos\left(t\sqrt{\frac{g}{\lambda}} + \alpha\right).$$

Es ergeben sich dann die Bedingungsgleichungen

$$\left.\begin{array}{l}(\lambda - L)P - \Sigma \dfrac{m_i a_i s_i}{MS} p_i = 0, \\[2mm] (\lambda - l_i)p_i - a_i P = 0,\end{array}\right\} \quad \ldots \ldots \ldots \ldots (2.)$$

und aus diesen durch Elimination der Verhältnisse $p_i : P$ die zur Bestimmung der λ dienende Gleichung

$$\lambda - L - \Sigma \frac{m_i a_i^2 s_i}{MS} \cdot \frac{1}{\lambda - l_i} = 0,$$

welche sich, wenn zur Abkürzung

$$\frac{m_i a_i^2 s_i}{MS l_i} = \mu_i, \quad L - \Sigma \mu_i = \mu$$

gesetzt wird, leicht auf die Form

$$\frac{\mu}{\lambda} + \frac{\mu_1}{\lambda - l_1} + \frac{\mu_2}{\lambda - l_2} \ldots - 1 = 0 \ldots \ldots \ldots (3.)$$

bringen lässt.

Setzt man zunächst voraus, dass $MS > 0$ ist, so sind nicht allein sämmtliche μ_i, sondern auch die Gröfse μ positiv; denn da bei jedem zusammengesetzten Pendel $\frac{s}{l} < 1$ ist, so ist μ_i kleiner als das in L enthaltene Glied $\frac{m_i (a_i^2 + b_i^2)}{MS}$. Nur in dem einen Falle, dass die Masse des Hauptpendels gleich Null ist, dass alle $b_i = 0$, also die Aufhängepunkte aller Nebenpendel in einer Geraden liegen, und dass diese letzteren sämmtlich einfache Pendel sind, kann der Werth von μ auf Null herabsinken. Hieraus folgt, dass die Gleichung (3.) nur positive Wurzeln besitzt. Diese sind im Allgemeinen unter sich und von den Gröfsen l verschieden. Bezeichnet man sie mit λ, λ', $\lambda'' \ldots$ und nimmt an, dass die Gröfsen l_1, l_2, $l_3 \ldots$ eine steigende Reihe bilden, die Nebenpendel also nach zunehmender Schwingungsdauer geordnet sind, so liegen die $n + 1$ Wurzeln λ in den durch das Schema

$$0, \ \lambda, \ l_1, \ \lambda', \ l_2, \ \lambda'' \ldots \ldots \ldots \lambda^{(n-1)}, \ l_n, \ \lambda^{(n)}, \ \infty$$

angegebenen Intervallen. Sind irgend zwei l einander gleich, z. B. $l_1 = l_2$, so ist eine Wurzel, hier λ', ihnen gleich, die Gleichung (3.) reducirt sich durch Vereinigung der entsprechenden zwei Glieder, und die n Wurzeln der reducirten Gleichung

$$\frac{\mu}{l} + \frac{\mu_1 + \mu_2}{\lambda - l_1} + \frac{\mu_3}{\lambda - l_3} \ldots + \frac{\mu_n}{\lambda - l_n} - 1 = 0$$

sind wieder unter sich und von den l verschieden. Gleichung (3.) kann also nur dann gleiche Wurzeln haben, wenn mehr als zwei aufeinander folgende l einander gleich sind, und zwar ist die Anzahl der zu einer solchen Gruppe gehörigen gleichen Wurzeln stets um 1 geringer als die der gleichen Gröfsen l.

Hieraus ist ersichtlich, dass im Allgemeinen $n+1$ verschiedene einfach pendelartige Schwingungen möglich sind. Welche Amplituden man den einzelnen Pendeln zu Anfang der Bewegung mittheilen muss, um irgend eine dieser einfachen Schwingungsformen zu verwirklichen, ergiebt sich, sobald der Werth von λ gefunden ist, aus den Formeln (2.) Es geht aus denselben zunächst hervor, dass, wenn im Falle der Gleichheit einiger l die diesen entsprechende Schwingungsform hergestellt werden soll, alle andern Pendel in Ruhe bleiben müssen, zwischen den Amplituden der gleichen Pendel aber nur die eine Bedingung

$$\Sigma\, m_i\, a_i\, s_i\, p_i = 0 \qquad ,$$

besteht, so dass man diese Amplituden bis auf eine willkürlich wählen kann. Ferner zeigen dieselben Formeln, dass, wenn die a positiv sind, d. h. wenn die Aufhängepunkte der Nebenpendel tiefer als die Drehungsaxe des Hauptpendels liegen, alle Nebenpendel von kürzerer als der zu erzielenden Schwingungsdauer in gleichem Sinne mit dem Hauptpendel schwingen müssen, alle andern im entgegengesetzten Sinne. Sind einige der a negativ, so verhalten sich die entsprechenden Pendel umgekehrt.

Im letzteren Falle ist es möglich, dass die Größe MS Null oder negativ wird. Wenn $MS = 0$, so tritt an die Stelle der ersten Gleichung in (2.) die Gleichung

$$MR^2 P + \Sigma\, m_i\, a_i\, s_i\, p_i = 0 ,$$

und zur Bestimmung der Wurzeln λ, λ' .... $\lambda^{(n-1)}$ dient die Gleichung

$$\frac{m_1\, a_1^{\,2}\, s_1}{\lambda - l_1} + \frac{m_2\, a_2^{\,2}\, s_2}{\lambda - l_2} \, \cdots \cdots \, + \frac{m_n\, a_n^{\,2}\, s_n}{\lambda - l_n} + MR^2 = 0 ,$$

welche, wie die ursprüngliche in (3.), nur reelle Wurzeln besitzt. Die kleinste dieser Wurzeln ist aber positiv, Null oder negativ, je nachdem MR^2 größer, eben so groß oder kleiner als $\Sigma\, m_i\, a_i\, \frac{s_i}{l_i}$ ist. Die Wurzel $\lambda^{(n)}$ ist unendlich groß, alle übrigen, λ', λ'' ... $\lambda^{(n-1)}$, sind positiv, wie früher. Wenn $MS < 0$, so liegen die n Wurzeln λ, λ' ... $\lambda^{(n-1)}$ in denselben Intervallen, wie früher, die Wurzel $\lambda^{(n)}$ aber ist stets negativ.

Hiernach sind auch, wenn $MS \lesseqgtr 0$, einfach pendelartige Schwingungen möglich. Da aber die kleinste Abweichung des Anfangszustandes von den zur Entstehung dieser Schwingungen geforderten Bedingungen ein Auftreten der den negativen Wurzeln entsprechenden Glieder nach sich zieht, so können die Schwingungen nicht dauernd klein bleiben, wie zur Aufstellung der Differentialgleichungen (1.) vorausgesetzt worden ist. Es soll also fernerhin unter MS immer eine positive Gröfse verstanden werden.

§. 3. Ist ein willkürlicher Anfangszustand gegeben, ist etwa für $t = 0$

$$\Phi = \Psi, \qquad \frac{d\Phi}{dt} = \Omega,$$

$$\varphi_i = \psi_i, \qquad \frac{d\varphi_i}{dt} = \omega_i,$$

so hat man für Φ und φ_i $(n+1)$-gliedrige Summen,

$$\Phi = P \cos\left(t\sqrt{\tfrac{g}{\lambda}} + \alpha\right) + P' \cos\left(t\sqrt{\tfrac{g}{\lambda'}} + \alpha'\right) + \dots,$$

$$\varphi_i = p_i \cos\left(t\sqrt{\tfrac{g}{\lambda}} + \alpha\right) + p_i' \cos\left(t\sqrt{\tfrac{g}{\lambda'}} + \alpha'\right) + \dots,$$

zu setzen und die $2n+2$ Constanten aus den Gleichungen

$$\left.\begin{aligned}
P \cos\alpha + P' \cos\alpha' + \dots &= \Psi, \\
p_i \cos\alpha + p_i' \cos\alpha' + \dots &= \psi_i, \\
P \sqrt{\tfrac{g}{\lambda}} \sin\alpha + P' \sqrt{\tfrac{g}{\lambda'}} \sin\alpha' + \dots &= -\Omega, \\
p_i \sqrt{\tfrac{g}{\lambda}} \sin\alpha + p_i' \sqrt{\tfrac{g}{\lambda'}} \sin\alpha' + \dots &= -\omega_i
\end{aligned}\right\} \dots (4.)$$

zu bestimmen. Die Auflösung dieser Gleichungen wird durch die Bemerkung absolvirt, dass zufolge der Form der Gleichung (3.) zwischen den Gröfsen P, p_i folgende Beziehungen bestehen:

$$MSP^2 + \Sigma m_i s_i p_i^2 = MSP^2 \cdot \frac{(\lambda-\lambda')(\lambda-\lambda'') \dots}{(\lambda-l_1)(\lambda-l_2) \dots} = MSP^2 \cdot \frac{1}{K},$$

$$MSPP' + \Sigma m_i s_i p_i p_i' = 0,$$

in deren erster für P, p_i, λ irgend eine andere Gruppe solcher Werthe gesetzt werden darf, während die zweite für irgend zwei verschiedene dieser Gruppen gilt. Es folgt danach aus den Gleichungen (4.) sofort, dass

$$MSP^2 \cos\alpha = K\,(MSP\Psi + \Sigma m_i s_i p_i \psi_i),$$

$$MSP^2 \sin\alpha = -K\sqrt{\tfrac{\lambda}{g}}\,(MSP\Omega + \Sigma m_i s_i p_i \omega_i),$$

und nach Division durch MSP und Substitution der aus (2.) bekannten Verhältnisse $\frac{p_i}{P} = \frac{a_i}{\lambda-l_i}$, dass

$$\left.\begin{aligned}
P \cos\alpha &= K\left(\Psi + \Sigma \frac{\mu_i}{\lambda-l_i} \cdot \frac{l_i \psi_i}{a_i}\right), \\
P \sin\alpha &= -K\sqrt{\tfrac{\lambda}{g}}\left(\Omega + \Sigma \frac{\mu_i}{\lambda-l_i} \cdot \frac{l_i \omega_i}{a_i}\right).
\end{aligned}\right\} \dots (5.)$$

Die Werthe von $P' \cos\alpha'$ und $P' \sin\alpha'$ erhält man hieraus durch Veränderung von λ in λ', also von $K = \frac{(\lambda-l_1)(\lambda-l_2)\dots}{(\lambda-\lambda')(\lambda-\lambda'')\dots}$ in $K' = \frac{(\lambda'-l_1)(\lambda'-l_2)\dots}{(\lambda'-\lambda)(\lambda'-\lambda'')\dots}$, und ähnlich alle übrigen P und α, die der p aber vermittelst der bekannten Verhältnisse.

Sind mehrere l einander gleich, so liefern die Gleichungen (5.) nicht die Werthe aller Constanten. Ist z. B. $l_1 = l_2 = l_3$, also auch $= \lambda' = \lambda''$, so erhält man die Werthe von P, P''', P'^v ... und die der entsprechenden p_i, p_i''', $p_i'^v$ ... wie im allgemeinen Falle, P' und P'', p_4' und p_4'', p_5' und p_5'', ... werden sämmtlich gleich Null, die übrigen Constanten, nämlich p_1', p_1'', p_2', p_2'', p_3', p_3'', α', α'' bleiben aber unbestimmt. In diesem Falle erhält man direct aus den Gleichungen (4.) diejenigen Verbindungen, $p_1' \cos\alpha' + p_1'' \cos\alpha''$, $p_2' \cos\alpha' + p_2'' \cos\alpha''$ u. s. w., in welchen die fraglichen Constanten in den Ausdrücken für φ_1, φ_2 und φ_3 vorkommen.

§. 4. Statt die Bewegung eines gegebenen Pendelsystems zu untersuchen, kann man sich die umgekehrte Aufgabe stellen, ein solches zu construiren, welches eine bestimmte Schwingungsform darzustellen vermag. Es ist dann eine der Größen Φ, φ_1, φ_2 ... als Function der Zeit bekannt, also alle λ, α und eine Gruppe der P oder p_i, und die Unbestimmtheit der Aufgabe erlaubt außerdem alle l_i, s_i, a_i und b_i innerhalb gewisser Grenzen willkürlich anzunehmen, wodurch der bekannten Verhältnisse wegen alle P und p_i gegeben sind. Es erübrigt also nur die Bestimmung der Verhältnisse der Massen, sowie des Trägheitsmomentes und Schwerpunktsabstandes des Hauptpendels, welche letzteren beiden ohne Einschluss der Nebenpendelmassen mit mr^2 und s bezeichnet werden mögen. Jene Verhältnisse findet man, indem man die in Bezug auf die μ_i linearen Gleichungen

$$\frac{\mu}{\lambda} + \frac{\mu_1}{\lambda - l_1} + \frac{\mu_2}{\lambda - l_2} \cdots = 1$$

$$\frac{\mu}{\lambda'} + \frac{\mu_1}{\lambda' - l_1} + \frac{\mu_2}{\lambda' - l_2} \cdots = 1$$

$$\frac{\mu}{\lambda''} + \frac{\mu_1}{\lambda'' - l_1} + \frac{\mu_2}{\lambda'' - l_2} \cdots = 1$$

$$\cdots \cdots$$

auflöst. Denn aus der Bedeutung der μ_i folgt sofort, dass

$$\frac{m_i a_i}{MS} = \frac{\mu_i l_i}{a_i s_i}, \qquad \frac{ms}{MS} = 1 - \Sigma \frac{\mu_i l_i}{a_i s_i};$$

und da mit den μ_i auch L oder $\dfrac{mr^2 + \Sigma m_i (a_i^2 + b_i^2)}{ms + \Sigma m_i a_i} = \mu + \Sigma \mu_i$ bekannt ist, findet man weiter

$$\frac{mr^2}{MS} = \mu - \Sigma \mu_i \left(\frac{l_i}{s_i} \left(1 + \frac{b_i^2}{a_i^2} \right) - 1 \right),$$

womit die Aufgabe gelöst ist. Nimmt man beispielsweise an, dass sämmtliche Pendel einfache seien, also $l_i = s_i$, $r = s$, dass ferner alle $b_i = 0$ und $a_i = s$, mithin $S = s$, so ergiebt sich aus den obigen 3 Formeln, dass

$$m : m_1 : m_2 \ldots = \mu : \mu_1 : \mu_2 \ldots, \quad s = \mu + \Sigma\mu_i.$$

Die willkürliche Wahl von s ist durch die Forderung, dass das Hauptpendel ein einfaches sei, aufgehoben. Die Auflösung der zur Bestimmung der μ_i dienenden Gleichungen ist wieder durch die besondere Form erleichtert. Die allgemeinen Resultate sind nämlich

$$\mu = \frac{\lambda\,\lambda'\,\lambda''\ldots}{l_1\,l_2\ldots},$$

$$\mu_1 = \frac{(\lambda - l_1)\,(\lambda' - l_1)\,(\lambda'' - l_1)\ldots}{-l_1\,(l_2 - l_1)\ldots},$$

$$\mu_2 = \frac{(\lambda - l_2)\,(\lambda' - l_2)\,(\lambda'' - l_2)\ldots}{-l_2\,(l_1 - l_2)\ldots},$$

$$\cdots\cdots\cdots$$

und da die Summe dieser Ausdrücke die einfache Form

$$\mu + \Sigma\mu_i = \lambda - l_1 + \lambda' - l_2 + \lambda'' \ldots + \lambda^{(n)}$$

hat, so sind in dem zuletzt angenommenen Falle alle in Betracht kommenden Größen durch die willkürlich gewählten explicite ausgedrückt.

§. 5. Hiermit sind die wesentlichen Fragen, welche sich auf die allgemeine Aufgabe beziehen, erledigt, und es mag noch die Untersuchung einiger specieller Fälle folgen, zunächst eines nur aus dem Hauptpendel und einem Nebenpendel zusammengesetzten Systemes. Gleichung (3.) reducirt sich für diesen Fall auf drei Glieder,

$$\frac{\mu}{\lambda} + \frac{\mu_1}{\lambda - l_1} - 1 = 0,$$

und es folgt daraus

$$\lambda = \tfrac{1}{2}(l_1 + \mu + \mu_1) \pm \tfrac{1}{2}\sqrt{\{(l_1 + \mu + \mu_1)^2 - 4\mu l_1\}}.$$

Nimmt man an, dass das Hauptpendel ein einfaches mit der Länge l, der Masse m, das Nebenpendel ein einfaches mit der Länge L, der Masse M, und dass $a_1 = l$ sei, so wird

$$\lambda = \tfrac{1}{2}(L + l) \pm \tfrac{1}{2}\sqrt{\left\{(L + l)^2 - \frac{4\,L l m}{M + m}\right\}},$$

was sich leicht umformen lässt in

$$\lambda = \frac{2 m L l}{L m + L M + l m + l M \mp \sqrt{\{(m l + M L + M l - m L)^2 + 4\,L L m M\}}}.$$

Dies ist die Formel, welche für die Länge des einfachen mit dem gegebenen System isochron schwingenden Pendels von Daniel Bernoulli in der Abhandlung *»Theoremata de oscillationibus corporum filo flexili connexorum et catenae verticaliter suspensae«* Comm. Ac.

Sc. Imp. Petr. VI. 1732. 1733. gegeben ist. Ebendaselbst findet man das Verhältnis der Abstände der Massen M, m von ihren Ruhepunkten, wie es bei den einfach pendelartigen Schwingungen stattfindet, nämlich

$$2Ml : mL - ml + ML + Ml \pm \sqrt{\{4mMLL + (ml + ML + Ml - mL)^2\}},$$

in genauer Uebereinstimmung mit den in (2.) gegebenen Formeln, wenn man bemerkt, dass der Abstand der Masse des einfachen Nebenpendels von ihrer Ruhelage durch $a_1\Phi + l_1\varphi_1$ gegeben ist. Man kann daher aus den Bernoulli'schen Formeln zu den jetzt unter Wiederaufnahme der früheren Bezeichnungen zu entwickelnden Folgerungen gelangen.

Die für den Fall, dass die Anfangsgeschwindigkeiten Null seien, geltenden Ausdrücke

$$\Phi = P \cos t \sqrt{\tfrac{g}{\lambda}} + P' \cos t \sqrt{\tfrac{g}{\lambda'}},$$

$$\varphi_1 = p_1 \cos t \sqrt{\tfrac{g}{\lambda}} + p_1' \cos t \sqrt{\tfrac{g}{\lambda'}}$$

lassen sich umformen in

$$\Phi = Q \cos\left(\tfrac{1}{2}t\left(\sqrt{\tfrac{g}{\lambda}} + \sqrt{\tfrac{g}{\lambda'}}\right) + \eta\right),$$

$$\varphi_1 = q_1 \cos\left(\tfrac{1}{2}t\left(\sqrt{\tfrac{g}{\lambda}} + \sqrt{\tfrac{g}{\lambda'}}\right) + \eta_1\right),$$

wenn man Q, η, q_1, η_1 durch die Gleichungen

$$Q \cos \eta = (P + P') \cos \tfrac{1}{2}t\left(\sqrt{\tfrac{g}{\lambda}} - \sqrt{\tfrac{g}{\lambda'}}\right),$$

$$Q \sin \eta = (P - P') \sin \tfrac{1}{2}t\left(\sqrt{\tfrac{g}{\lambda}} - \sqrt{\tfrac{g}{\lambda'}}\right)$$

und zwei ähnliche für q_1, η_1 definirt. Man betrachtet dann die Bewegung als einfach pendelartig mit veränderlichen Amplituden Q, q_1, und wegen der Veränderung von η, η_1 mit allmählich sich verschiebender Phase. Die Dauer der Periode dieser Aenderungen ist

$$T = 4\pi : \left(\sqrt{\tfrac{g}{\lambda}} - \sqrt{\tfrac{g}{\lambda'}}\right),$$

(halb so grofs, wenn man nur die Amplituden berücksichtigt), die mittlere Dauer einer einzelnen Schwingung

$$T = 4\pi : \left(\sqrt{\tfrac{g}{\lambda}} + \sqrt{\tfrac{g}{\lambda'}}\right),$$

die Anzahl der Schwingungen in einer Periode

$$N = \frac{T}{T} = \frac{\sqrt{\lambda'} + \sqrt{\lambda}}{\sqrt{\lambda'} - \sqrt{\lambda}}.$$

Drückt man statt durch λ, λ' die Gröfsen T und N durch die Constanten μ, μ_1, l_1 und $L = \mu + \mu_1$ aus, so erkennt man leicht, dass in Bezug auf l_1 oder die Schwingungsdauer des Nebenpendels T ein Maximum ist, wenn $l_1\mu = L^2$, und dass dieses Maximum $4\pi \sqrt{\frac{L}{g}} \cdot \sqrt{\frac{\mu}{\mu_1}}$, der zugehörige Werth von N aber $\sqrt{\left(\frac{4\mu}{\mu_1} + 1\right)}$; dass ferner in derselben Beziehung N ein Maximum ist, wenn $l_1 = L$, und dass dieses Maximum $\sqrt{\frac{\mu}{\mu_1}} + \sqrt{\left(\frac{\mu}{\mu_1} + 1\right)}$, der zugehörige Werth von T endlich $4\pi \sqrt{\frac{L}{g}} \cdot \sqrt{\frac{\mu}{\mu_1}} \cdot \sqrt{\left(\frac{1}{2} + \frac{1}{2}\sqrt{\frac{\mu}{\mu + \mu_1}}\right)}$. Beide Maximalwerthe werden um so gröfser, je kleiner $\mu_1 : \mu$ ist, und gleichzeitig wird der Unterschied der für l_1 angegebenen Werthe um so kleiner. Nimmt man $\mu_1 : \mu$ so klein, dass man nur die Glieder niedrigster Ordnung behalten darf, so ergiebt sich

$$l_1 = L = \mu, \quad T = 4\pi \sqrt{\frac{L}{g}} \cdot \sqrt{\frac{\mu}{\mu_1}}, \quad N = 2\sqrt{\frac{\mu}{\mu_1}}.$$

Ist das Nebenpendel ein einfaches, so ist

$$\sqrt{\frac{\mu}{\mu_1}} = \frac{r}{a_1} \sqrt{\frac{m}{m_1}}.$$

Wenn also beide Pendel gleiche Schwingungsdauer und das Nebenpendel eine viel kleinere Masse als das Hauptpendel hat, so ist die Periodenlänge umgekehrt proportional der Quadratwurzel aus der kleinern Masse und der ersten Potenz des vertikalen Abstandes beider Aufhängepunkte.

Die veränderlichen Amplituden Q, q_1 stehen in einer einfachen Beziehung, welche man findet, wenn man die Ausdrücke ihrer Quadrate mit MS und m_1s_1 multiplicirt und bei der Addition die Gleichung $MSPP' + m_1 s_1 p_1 p_1' = 0$ berücksichtigt. Es ergiebt sich so

$$MSQ^2 + m_1 s_1 q_1{}^2 = \text{Const.},$$

eine der Verallgemeinerung leicht fähige Formel, welche offenbar nichts Anderes als den Satz von der Erhaltung der lebendigen Kraft ausspricht.

Die Veränderung der einzelnen Amplituden wird natürlich am leichtesten beobachtet, wenn man als Anfangszustand nur die Ablenkung eines der beiden Pendel annimmt. Ist dies das Hauptpendel, so gelten für die Maxima und Minima der Amplituden die Formeln

$$P + P' = \Psi, \qquad p_1 + p_1' = 0,$$
$$P - P' = \Psi \cdot \frac{l_1 - L}{\lambda' - \lambda}, \qquad p_1 - p_1' = -\Psi \cdot \frac{2a_1}{\lambda' - \lambda}.$$

Ist das Nebenpendel das ursprünglich abgelenkte, so ist

$$P + P' = 0 , \qquad\qquad p_1 + p_1' = \psi_1 ,$$
$$P - P' = - \psi_1 \cdot \frac{2a_1}{\lambda' - \lambda} \cdot \frac{m_1 s_1}{MS} , \qquad p_1 - p_1' = \psi \cdot \frac{L - l_1}{\lambda' - \lambda} .$$

Man sieht hieraus, dass das Verhältnis der Maximal- und Minimal-
amplitude des zuerst abgelenkten Pendels in beiden Fällen dem ab-
soluten Werthe nach dasselbe ist, und dass das Minimum sich auf
Null reducirt, das anfänglich erregte Pendel also nach dem ersten
Viertel der Periode ganz zur Ruhe kommt, wenn dieselbe Bedingung
$L = l_1$ erfüllt ist, unter welcher die Anzahl der Schwingungen einer
Periode ihr Maximum hat. In diesem besondern Falle ist auch das
Verhältnis der Maximalamplituden beider Pendel dasselbe, welches
der letzteren auch zuerst abgelenkt werde. Denn da in diesem
Falle $\frac{2a_1}{\lambda' - \lambda} = \sqrt{\frac{MS}{m_1 s_1}}$ ist, so verhält sich sowohl $P + P' : p_1 - p_1'$,
als auch $P - P' : p_1 + p_1'$ wie $\sqrt{m_1 s_1} : \sqrt{MS}$.

Um deutlicher sehen zu lassen, in welchem Mafse die Länge
der Periode T und die Maxima und Minima sich ändern, wenn $l_1 : L$
in der Nähe der Einheit variirt, mag folgendes Täfelchen dienen,
in welchem für zwei einfache Pendel und die Annahme $a_1 = L$,
$\mu : \mu_1 = 400$ die Zeit T, als Einheit die Schwingungsdauer des Hauptpendels (hin und her) angesehen, so wie das Maximum A oder B
des anfänglich ruhenden Neben- oder Hauptpendels und das Minimum C des zuerst abgelenkten Pendels, als Einheit die ursprüngliche Ablenkung genommen, zusammengestellt sind:

$l_1 : L$	T	A	B	C
0,80	15,44	9,13	0,048	0,943
0,90	26,80	14,52	0,033	0,726
0,95	35,12	18,28	0,043	0,457
0,98	38,99	19,83	0,048	0,198
1,00	39,99	20,02	0,050	0,000
1,02	39,42	19,45	0,049	0,194
1,05	36,37	17,56	0,046	0,439
1,10	29,63	13,84	0,038	0,694
1,20	20,11	8,77	0,026	0,877

§. 6. Der zweite näher zu betrachtende Fall sei der, dass das
Hauptpendel mit beliebig vielen Nebenpendeln von derselben Schwingungsdauer belastet ist, deren Gesammtmasse gegen die des ersteren
sehr klein ist. Unter den Wurzeln der Gleichung (3.) sind dann
$n - 1$ gleiche,

$$\lambda' = \lambda'' = \lambda''' \ldots \ldots \lambda^{(n-1)} = L ,$$

und aus der quadratischen Gleichung, in welche Gl. (4.) übergeht, ergeben sich für die beiden übrigen die Werthe

$$\lambda^{(n)} = L + \sqrt{L.\Sigma\mu} = L(1+\varkappa),$$
$$\lambda = L - \sqrt{L.\Sigma\mu} = L(1-\varkappa),$$

wo $\varkappa$ zur Abkürzung für die kleine Größe $\sqrt{\Sigma\mu} : L$ gesetzt ist. Die Kleinheit der Unterschiede je zweier der drei Wurzelwerthe bewirkt, dass im Allgemeinen die Bewegungen als pendelartig mit veränderlichen Amplituden erscheinen, für welche letzteren natürlich wieder der Satz

$$MSQ^2 + \Sigma(m_i s_i q_i^2) = \text{Const.}$$

gilt. Die Formeln zur Bestimmung der Coefficienten P aus dem Anfangszustande, bei dem von Anfangsgeschwindigkeiten abgesehen werde, geben diesmal

$$P^{(n)} = \tfrac{1}{2}\Psi + \frac{1}{2\varkappa}\Sigma\frac{\mu_i\psi_i}{a_i},$$
$$P = \tfrac{1}{2}\Psi - \frac{1}{2\varkappa}\Sigma\frac{\mu_i\psi_i}{a_i},$$
$$P' = P'' \ldots = P^{(n-1)} = 0,$$
$$p_1^{(n)} = \frac{a_1}{2\varkappa L}\Psi + \frac{a_1}{2\varkappa^2 L}\Sigma\frac{\mu_i\psi_i}{a_i},$$
$$p_1 = -\frac{a_1}{2\varkappa L}\Psi + \frac{a_1}{2\varkappa^2 L}\Sigma\frac{\mu_i\psi_i}{a_i},$$
$$p_1' + p_1'' \ldots + p_1^{(n-1)} = \psi_1 - \frac{a_1}{\varkappa^2 L}\Sigma\frac{\mu_i\psi_i}{a_i},$$

nebst ähnlichen Ausdrücken für die übrigen p. Um eine der einfachen Schwingungsformen zu erhalten, muss man daher die anfänglichen Ablenkungen entweder so wählen, dass

$$\Sigma\frac{\mu_i\psi_i}{a_i} = \Psi = 0,$$

in welchem Falle das Hauptpendel in Ruhe bleibt, und die Nebenpendel unabhängig von einander sich bewegen, oder so, dass Ψ nicht Null, und

$$\Sigma\frac{\mu_i\psi_i}{a_i} = \pm\varkappa\Psi.$$

Im letzteren Falle zeigt das Hauptpendel einfache Schwingungen von der Dauer

$$2\pi\sqrt{\frac{L}{g}} \cdot (1 \pm \tfrac{1}{2}\varkappa - \tfrac{1}{8}\varkappa^2 \pm \tfrac{1}{16}\varkappa^3 \ldots);$$

die Nebenpendel aber können nur dann sämmtlich in übereinstimmender Weise schwingen, wenn

$$\psi_1 : \psi_2 : \psi_3 \ldots = a_1 : a_2 : a_3 \ldots,$$

während andernfalls wenigstens ein Theil Schwingungen von veränderlicher Amplitude ausführen muss, deren Periode

$$2\pi \sqrt{\frac{L}{g}} \cdot \frac{4}{\varkappa} \left(1 \pm \tfrac{3}{4}\varkappa - \tfrac{1}{16}\varkappa^2 \pm \tfrac{1}{32}\varkappa^3 \ldots\right).$$

Die nächst einfache Bewegungsform entsteht, wenn nur das Hauptpendel zu Anfang abgelenkt wird. Alle Pendel machen dann Schwingungen von veränderlicher Gröfse mit der Periode

$$2\pi \sqrt{\frac{L}{g}} \cdot \frac{2}{\varkappa} \left(1 - \tfrac{5}{8}\varkappa^2 - \tfrac{13}{128}\varkappa^4 \ldots\right),$$

und die Amplitudenmaxima $\frac{a_i \psi'}{\varkappa L}$ der Nebenpendel verhalten sich unter einander wie die vertikalen Abstände ihrer Aufhängepunkte von dem des Hauptpendels.

Wählt man die Anfangsablenkungen einiger Nebenpendel beliebig, etwa ψ_1, ψ_2, ψ_3, alle andern gleich Null, so bleibt die Bewegung des Hauptpendels eben so einfach wie vorher und wird, wenn man zur Abkürzung

$$\delta = \sqrt{\frac{g}{\lambda}} - \sqrt{\frac{g}{\lambda^{(n)}}} \qquad = \sqrt{\frac{g}{L}} \cdot \varkappa \left(1 + \tfrac{5}{8}\varkappa^2 \ldots\right),$$

$$\varepsilon = \sqrt{\frac{g}{\lambda}} - 2\sqrt{\frac{g}{L}} + \sqrt{\frac{g}{\lambda^{(n)}}} = \sqrt{\frac{g}{L}} \cdot \tfrac{3}{4}\varkappa^2 \left(1 + \tfrac{35}{48}\varkappa^2 \ldots\right)$$

setzt, durch

$$\Phi = \frac{1}{\varkappa} \Sigma \frac{\mu_i \psi_i}{a_i} \cdot \sin\left(t\sqrt{\frac{g}{L}} + \tfrac{1}{2}t\varepsilon\right) \sin \tfrac{1}{2}t\delta$$

ausgedrückt. Für eins der ursprünglich abgelenkten Pendel ergiebt sich, wenn man noch $\frac{a_1}{\psi_1 \Sigma\mu} \cdot \Sigma \frac{\mu_i \psi_i}{a_i}$ mit z_1 bezeichnet,

$$\varphi_1 = \psi_1 \left\{ z_1 \cos\left(t\sqrt{\frac{g}{L}} + \tfrac{1}{2}t\varepsilon\right) \cos \tfrac{1}{2}t\delta + (1 - z_1) \cos t\sqrt{\frac{g}{L}} \right\},$$

eine Bewegung, welche, da ε viel kleiner als $\varkappa$ ist, zwei Perioden zeigen muss, eine kleinere,

$$T = \frac{4\pi}{\delta} = 2\pi \sqrt{\frac{L}{g}} \cdot \frac{2}{\varkappa} \left(1 - \tfrac{5}{8}\varkappa^2 \ldots\right),$$

die auch in der Bewegung des Hauptpendels erscheint, und eine gröfsere,

$$\Theta = \frac{4\pi}{\varepsilon} = 2\pi \sqrt{\frac{L}{g}} \cdot \frac{8}{3\varkappa^2} \left(1 - \tfrac{35}{48}\varkappa^2 \ldots\right).$$

Während einer der letzteren ändern sich allmählich die Grenzen, zwischen denen während einer Periode T die Amplitude auf eine noch von dem besondern Werthe von z_1 abhängige Art variirt. Für das zweite und dritte Pendel gelten gleiche Formeln, in denen nur z_1 durch zwei ähnliche Gröfsen z_2, z_3 ersetzt ist; für die ursprünglich ruhenden noch etwas einfachere,

$$\varphi_i = \frac{a_i}{\Sigma\mu} \cdot \Sigma \frac{\mu_i \cdot \psi_i}{a_i} \cdot \left\{ \cos\left(t\sqrt{\frac{g}{L}} + \tfrac{1}{2}t\varepsilon\right) \cos \tfrac{1}{2}t\delta - \cos t\sqrt{\frac{g}{L}} \right\},$$

aus denen ersichtlich ist, dass die gleichzeitig stattfindenden Amplituden aller dieser Pendel wieder den Abständen a_i proportional sind. Durch passende Wahl der Verhältnisse $\psi_1 : \psi_2 : \psi_3$ kann man zwei der Größen z beliebige Werthe ertheilen und dann die dritte aus der Gleichung $\Sigma \frac{\mu_i}{z_i} = \Sigma \mu$ bestimmen. Wählt man etwa $z_1 = 1$, so wird die Bewegung des ersten Pendels unabhängig von der Periode Θ, und wählt man ein $z = \frac{1}{2}$, so gleicht die Bewegung des entsprechenden Pendels der der anfänglich ruhenden Pendel, ohne in der Phase mit der letzteren übereinzustimmen.

Sind alle Pendel einfache Secundenpendel, alle a gleich, die $b = 0$ und alle $m_i = m_1$ und klein genug gegen m, um nur die ersten Glieder nöthig zu machen, so ergeben sich die Perioden

$$T = \frac{4L}{a} \sqrt{\frac{m}{nm_1}} \text{ Sek.}, \qquad \Theta = \frac{16L^2}{3a^2} \cdot \frac{m}{nm_1} \text{ Sek.}$$

Ist beispielsweise $m = 50$ Kgr., $m_1 = 0,1$ Kgr., $n = 3$, $a = L\sqrt{\frac{5}{27}}$, so wird $T = 2$ Min., $\Theta = 80$ Min.; und wenn $\psi_1 = 2{,}5$, $\psi_2 = 5^0$, $\psi_3 = \Psi = 0$, angenommen werden, so müssen das Hauptpendel und das erste Nebenpendel, für welches letztere $z_1 = 1$ ist, in je 30 Sek. vom Minimum 0 zum Maximum $0{,}2$, bez. vom Maximum $2{,}5$ zum Minimum 0, und umgekehrt, übergehen; das zweite Nebenpendel, für welches $z_2 = \frac{1}{2}$, und das dritte, anfänglich ruhende Pendel gehen in den ersten Minuten vom Maximum 5^0 zum Minimum 0^0, bez. von 0^0 zu 5^0 über, um nach 20 Minuten in je 30 Sek. zwischen den Grenzen $3{,}5$ und $2{,}5$ zu variiren, und nach 40 Minuten sich zu verhalten wie zu Anfang.

§. 7. Schließlich werde noch der leichten praktischen Herstellung des besonders einfachen Falles gedacht, in welchem die Masse des Hauptpendels gleich Null ist. Es ist dazu nur nöthig an zwei gleichen Paaren von Fäden einen recht leichten Stab so aufzuhängen, dass derselbe in seiner Längsrichtung schwingen kann, und an diesem dann die möglichst schweren Nebenpendel. Die Länge der erstern Fäden ist die des Hauptpendels, und durch Verkürzung derselben lässt sich die Periode in der Bewegung der andern Pendel beliebig verlängern. Aendert man die Einrichtung dahin ab, dass zwischen zwei gleich hoch an möglichst biegsamen Fäden aufgehängte Pendel von nahe gleicher Schwingungsdauer ein leichter Querstab, dessen Länge der Entfernung der Aufhängepunkte gleich ist, befestigt wird, so ist damit gewissermaßen der Eingangs erwähnte Ellicot'sche Versuch in seiner größten Vereinfachung verwirklicht, und zwar so, dass die entwickelten Formeln eine unmittelbare Anwendung darauf gestatten. Weniger direct ist dies mit jeder andern bifilaren Aufhängung der Fall, von deren Betrachtung daher, ebenso wie von der combinirter Torsionsschwingungen und anderer Modificationen Abstand genommen werde.